木星酒場

津田このみ

邑書林

木星酒場*目次

木星酒場

1　ダンス教室

口笛

人類に鼻ある限り梅白し

うららかや日本の春に送電線

春昼の腹落ちそうなブルドッグ

野遊びやバカボンパパの年越えて

たんぽぽをついでに君をめちゃくちゃに

ぎしぎしや来た道すぐに振り返る

朧月脱いでも着てるような人

口笛で雲を動かす修司の忌

頬杖

学生の頬杖三人いて桜

卒業の海に行きたし海はなし

桜三分脚をぶらぶらさせるのみ

春雪や猫は前脚折りたたむ

青色の絵具を買いに揚雲雀

春風や少々サロンパスのにおい

ほうとうを食べて解散春の旅

百歳の友人がいて日永かな

春の日に傾く金森写真館

ダンス教室

ダンス教室一斉に開脚し夏

万緑や育つためにはよく泣いて

葉桜や悩みに名前つけてみる

ご多幸を祈られている白日傘

さりさりと風どこまでも姫女苑

柿若葉みんな目的あるような

みどりさす猫に夫に私にも

葉桜や宇宙へ行ける船四つ

夏草へちらばるジャポニカ学習帳

緑雨かな人間翼折りたたむ

ミイラ

薫風のミイラ見に行く話かな

金魚玉むかしわたしがいたところ

筍飯そして全員寝入るかな

くちづけはあじさい通りにてふいに

恋人をよじ登りたる蟻ひとつ

遠花火男は同じことを言う

人殺ししそうな猫が片陰に

梅雨晴間幹から幹へ触れてゆく

八月の夕風足指をひらく
鳳仙花姉はすらっと体ぬぐ
ところてんと言うてからだがところてん

遠雷や泣けばゆらゆらする世界
もう止めてくれないか向日葵も青空も
行く夏のカシスソーダを揺らしたる

2　バルビゾン派

山田君

みどりさす大きな船のような人

ダライラマきびきびと行く立夏かな

初夏のヨットの名前読み上げる

帆も波も白選びたる五月かな

夫もと好きな人なり桜の実

白南風やおでこ全開にて歩く

待ち人もなく噴水へ来てはだめ

蛍しかない町だよと運転手

鳳仙花クラスに一人山田君

豆ごはん返事は一度で良いのです

海の日のトマト限界まで冷やす

かの人の腿に至りし大西日

片陰をあなたもわたしも譲らずに

恋人が妻となる日のプルメリア

ロックスター

悼む　忌野清志郎

ロックスター死して八十八夜かな

青葡萄男がそっと身を入れて

アイスコーヒーオジサンはオジサンがきらい

白靴の小林さんが来る真昼

ひかがみを見られていたる暑さかな

夏草や中上健次仰臥して

無口なる一族岩牡蠣を剝がす

仏像に撫で肩多し青葉冷

林家ペー

ダリのひげくねくねくねと残暑かな

秋夕焼体育座りで鑑賞す

テレビの中の人が付けてる赤い羽根

天高く林家ぺーとパー子かな

吾はうつぶせ汝はあおむけにて秋思

新涼の広々とわがお腹かな

鳳仙花キスはしないと下手になる

草の花わたしも名前ありません

十月の無為なきのこな二人です
秋灯ゴッホとテオのようにいて

バルビゾン派

落ち込むに体力がいるココアかな

水鳥に水わたくしにハンドクリーム

寒林をバルビゾン派として歩む

冬の日やほぐすつもりがからまって

永六輔的セーターのみどり色

冬麗のあまたの猫が横座り

火事跡よ松田聖子のポスターよ

熱燗や野良猫Aを師匠とす

「あ」と言えば「あ」と返したる初鏡

春隣背中に文字を書く遊び

父母

父に母パンには耳の小春かな

霜の朝眉しかめてもペ・ヨンジュン

朗らかに風邪と告げたり老先生

小春日の亀に小さな鼻の穴

ビーケアフル君も私も寒卵

一生の細くて長く雪女

三人で運ぶキャンバス冬うらら

冬はつとめて足の小指をぶつけたり

飽きるまで見つめて飽きて冬の波

3 鍵穴

鍵穴

春の日やたまごサンドに歯を立てて

後朝のレタスを水に放ちたる

春昼の紐は締めたり解いたり
梅ひらくときくちびるもつられたる
春の夜のさわると音のでる体

雛の間空気だんだん濃くなりぬ

主婦というろうろ三色菫かな

人生は平らか玉ねぎみじん切り

ツボ押せば体応える桃の花
鍵穴に満ちているのは沈丁花

ガーゼ

背骨から目覚める如月のからだ

春の雨とは傷口へ置くガーゼ

アネモネを胸に雨脚が早い
春は曙顔は口から進化して
梅一輪見ている人を見ておりぬ

この星の薄きブルーの水温む

春の夜のおもりのような腕時計

しなの木の花の香りの午睡かな

足裏から

白百合と鍵のかからぬ部屋にいる

足裏から息吐く八十八夜かな

ゆるせないわたしをゆるす桐の花

心配が癖になりたる胡瓜もみ

短夜の眼鏡をはずすタイミング

明易の猫をまたいで帰宅せり

裸たのし世界よ吾に触れてみよ

この星に腰かけて大花火かな

夜のプール

夜のプール体に水が侵入す

短夜の舌に触りしピアスかな

すぐ傷む苺と家族と愛人と

白ワイン開けて始まる緑の夜

草いきれ二人の呼吸合ってきし

金魚見て寝て起きてまた金魚見て
夏の朝ふらんすぱんを引きちぎる
百合ひらく寝たふりをする男かな

ソフトクリーム他に行く所もなくて

カルテット

小鳥来るあなたはいつも見そびれて

新涼の腕美しカルテット

秋空の体のどこもがらんどう

金木犀空気を舐めることもあり

林檎手に乗せたるときの君しずか

落ちそうな地球落ちそうな月見る
月光に尻尾を立てているつもり

手のひら

手のひらをそっと置きたる雪野原

冬銀河二人はすぐに漂って

眠る山あなたに触れるものもなく

雪野原わが足跡へ引き返す

寝るための阪急電車冬ぬくし

雪こんこゴメンと決して言わぬ人

抱擁は短くそして木枯しへ

4

立膝

一生

神様に逢えぬ一生掘炬燵

恋の始まりブーツの中の指うごく

毛糸編み編み核心ついてくる人よ

先祖代々フラレ体質にて冬波

モーツァルト聴かせてみたき海鼠かな

落葉踏むこの森すこしあたたまる

鎌鼬他人の傷の美しく

方舟

飛花落花この方舟にまだ乗れる

ベッケンバウアーという顔をして蛙かな

涅槃図にあんまり泣いていない人

桃の花元気と決めてから元気

亀鳴いてアロエも効かぬ傷がある

昼桜眉の間を広くして

人生にイエス！私は春の草

春の山ナウマン象の産毛かな

すみれ束たぶん恋文だと思う
行く春の抹茶ラテなるさみどりの

野菜スープ

六月の野菜スープをどんと置く
目が合えば吠えられている晩夏かな

虹二重ムーミン谷はどこですか

結局は誰も見ていない郭公

葛切や思う壺とはいかな壺

六月の待合室を全開に
濃紫陽花泣いてゆるめる体かな

矢印

病棟の床の矢印行けば霧

秋桜問診票に趣味の欄

この秋は血管をよく褒められる

良夜なり紙に書かれている病名

秋うらら注射が下手な主治医かな

立藤

番号で呼ばれる一日ななかまど

長き夜のまずは洗濯物たたむ

立膝

秋果とは膝を抱えて食べるもの

ピーマンの話ばっかりする男

月の海まず弟が走り出す

天の川立膝似合う姉貴かな

はっさくを剝いて小さな反省会

流れ星金色の鍵いただきぬ

月光を抜け出してきし二人かな

先ほどの犬にまた会う秋の暮

立藤

玄米ご飯

つゆけしや源流ふっと始まりぬ

マジメと言われマジメに怒る落花生

長き夜の父はテレビに返事して

切る前にちょっと転がす酢橘かな

後の月玄米ご飯よく噛んで

立膝

誰とも会わず白木槿白桔梗

麻薬犬にお尻嗅がれている晩秋

晩秋の犬が何度も振り返る

5

前世は犬

もやもや

半裸のような全裸のような雪解川
犬ばかり寄り来るそんな春の日よ

もやもやの下界のあれを花と言う

恋猫のつもりで飛べよ草野君

梅ひらく昨日のような江戸時代

うららかや渡る世間にマヨネーズ

雲雀野に少年の声尖りたる

桜草足首がまず濡れてゆく

春の雪もっと愛してしまいそう

前世は犬

七人の敵に敗れて筍飯

苺つぶしてそんな爆弾今出すの

雷去って女が全部脱いでおり

油虫飛翔す夫崩壊す

前世は犬と言われて水を打つ

暑いですねえと言ってそのあと続かない

着替え即患者となりぬ百日紅

十人と口きく日課アマリリス

Ｂ型一家の父の日何となく終わる

唇を少し濡らして夜のメロン

かなかなや三時間後にくる別れ

とても暇

秋の空私も猫もとても暇

胡桃割る胡桃胡桃と言いながら

種なし葡萄の種を探っている舌端

月の村猫に歩幅を合わせたる

檸檬置く離婚届が飛ばぬよう

雲は秋天上界にランクあり

ほがらかに病気の話する花野

女三代鼻の穴似て秋桜

月白の湯に手と足を浮かべおり

名月やはらりと落とすばすたおる

役者

木枯らしを来て接吻の二、三発

転生のなれの果てなる下仁田葱

恋人の去りて残りし葱二本

主人より着ぶくれてこのマルチーズ

寄せ鍋の果てのぼーっとしておりぬ

まだ胸のここは乾いて寒の水

一月の川流るるは痛そうな

バスタブに足のせて去年今年かな

お元日わが肉体へ手を合わす

お降りや信濃の国の窓重き

フラダンサー二月の靴下がばと脱ぐ

寒昴役者を名乗るわたしたち
粉雪やたたむ翼のありもせで

6　プラスチック

プラスチック

水あやす如く揺らして紙漉きぬ

寒いとは澄んでいること奥信濃

君の手はとても小さい冬鷗

雪嶺に取り囲まれし歯痛かな

犯しがたき一歩は我ぞ雪野原

雪嶺のプラスチックのごときかな

雪中に携えてゆくチョコレート

どうせ道ローマに通ずおでん酒

冬青空背中を広くして歩く

底冷の京都のけいらんうどんかな

ごわごわ

濁りつつ氷る湖おそろしき

スケートの子の全身のごわごわと

山眠るままに抱き殺されてゆく

膝抱え川上弘美読む霜夜

浮寝鳥人間ゆるむにこつがいる

ただ犬を追いかけているクリスマス

数え日の色んなものにぶつかりぬ

肉体に肉満ちている隙間風

左義長や横内さんの畑借りて
如月の木を抱きにゆく女かな

ドア

春暁のてのひらに川流るるよ

冴え返る今日も勝手に傷ついて

建国の日の一族やみずうみに

揚雲雀世界のドアは開いている

紋白蝶何も運ばぬ真昼なり

春待つや横抱きにするマルチーズ

啓蟄やサンボマスター聞きに行く

いつ会ってもアナタ元気ね花ミモザ

そのへんの猫を鈴子と呼ぶ日永

乳首立つごとく木の芽の張りにけり

脳にまだ使わぬところシクラメン

理由

旅に出る理由はひとつ揚雲雀

どこかしら体痛くて雪残る

祖父の名は大吉という花大根

たんぽぽの絮吹く戦力外通知

直感を磨く練習チューリップ

鳥交るチンしたご飯食べている

春の雪ハイと明るい声を出す

めりめりと脱糞桜ひらくとき

シャチハタを押してもらってちるさくら

さらさら

さらさらと夜が来る桜蘂が降る

横丁は猫の匂いや春の昼

丹田に春の満月収めたる
夜桜や男はさっと引き返す
さくらさくら立ち去るときは会釈して

みんな帰って夜桜のまた青む

人差し指

昼顔や人差し指は味見指

ばらばらに座って皆の若葉風

睡蓮を見てきて臍に手を置きぬ
神様の呼び名あまたに合歓の花
緑の夜体温高き人といて

薫風や湖族の男あぐらかく

国境として一本の向日葵を

ああ波はくすぐったいね蟹の穴

何もかも涼しき人と隣り合う

魔法瓶

空蟬をためつすがめつのちつぶす

秋うらら寝顔ばかりの列車来る

野分あと思いもよらぬ声の出て

秋の暮虫歯あること思い出す

夕暮れは舟が出そうな大花野

萩薄竜胆見たもの全部言う

性交のあとかもしれぬ桔梗かな

大叔母と菊を見に行く魔法瓶

7　木星酒場

雲見の会

カンナ咲くこのまま海に蓋をする

秋立つや雲見の会に誘われる

水澄んで皆が行きたい場所がある

八月の膝抱えれば葉擦かな

ぽつぽつと話して露草の二人

金木犀午後にすることなくなって
雲は秋神様と目が合っている
露ためていて露草と呼ばれたる

肩甲骨

月まどか肩甲骨がきゅっと鳴る

天の川髪がさらさらしておりぬ

膝ゆるく開き月光すみずみに

深爪の一生だった流れ星

十六夜の靴下足指で降ろす

露草も地球も少し滴れり

秋灯のひとつ東京タワーかな

二百十日闇に手足を伸ばしたる

菊膾骨まで美しき人よ

皆死していよいよわたしだけの月

きゅっ

睾丸も地球もきゅっと霜の朝

咳すると貧乏になる言い伝え

雪の夜の鏡を見てはいけません

熱燗や保護者のような妻である

月面にひとり残れる湯冷かな

雪見風呂人体のすぐ桃色に

猟銃のぬらぬらとして壁にあり

一皿は葱裂いて味噌たっぷりと

真夜中や蜜柑の上に蜜柑乗せ

この布団犯されそうに重たしよ

木星酒場

東京が五分遅れる雪の夜

雪しずかわたし以外が入れ替わる

冬銀河ギターのごとく抱かれたる

雪の夜の木星という酒場かな

人類は膝から老いぬ暖房車

白菜を抱いて戻って来し夫

まぼろしの猫が丸まる雪はじめ

銀河系1DKの窓に雪

オリオンのピアスをひとつ下さいな
雪深き国の便りの青インク
一月の味噌ラーメンへ歩き出す

木星酒場　畢

あとがき

俳句を作り出して三年ほどで句集を出しました。
さて次はどうしたら良いかな、
と二の足を踏んでいるうちに、なんと二十年が経過。
この間、結婚、転居、転勤、退職、転居、二度の入院など
落ち着かない日々もありました。

年月に見合った成熟というものに欠けている気がする。
それが露見してしまうのがずっと怖かったのですが、
二の足もさすがに疲れてきまして、
うだうだ言ってもしようがない、
ただ腹を括ればいいのだと思い至りました。

長年の宿便（?）を出し切って、
身も心も軽やかに、
木星酒場で美味しいお酒を飲んでみたい。

坪内稔典先生には、ご多忙のところ、帯文と十句選を頂きました。ここ数年、お会いする度に「句集はどうなってるの」と気にかけて頂きその度に「はい、今年こそは……」等と〝句集出す出す詐欺〟のようなことを申す私を見守って下さったこと、本当にありがとうございます。
句集作りに当たっては、邑書林の島田牙城さん、黄土眠兎さんに大変お世話になりました。心よりお礼を申し上げます。

二〇一八年六月二十一日　夏至の日に

津田このみ

津田このみ　つだ このみ

一九六八年　大阪生まれ
一九九六年より句作開始
一九九九年　句集『月ひとしずく』刊
二〇一八年　第十回「船団賞」受賞
現在「船団の会」、「里」会員

〒390-0821
長野県松本市筑摩3-16-19 A-302 清水方
Eメール　piko753aloha@gmail.com

句集 木星酒場《もくせいさかば》

著　者＊津田このみ ©

発行日＊二〇一八年八月二十五日

発行人＊島田牙城

発行所＊邑書林《ゆうしょりん》

661-0033 兵庫県尼崎市南武庫之荘3-32-1-201
Tel ○六（六四二三）七八一九
Fax ○六（六四二三）七八一八
郵便振替 ○○一○○-三-五五八三二
younohon@fancy.ocn.ne.jp
http://youshorinshop.com

印刷所＊モリモト印刷株式会社

用　紙＊株式会社三村洋紙店

定　価＊本体二〇〇〇円プラス税

図書コード＊ISBN978-4-89709-863-0